錢欣葆——著

自立自強

The Fable of Pupils

小學生寓言故事

前言

六至十歲的兒童是閱讀的關鍵期，適合的閱讀有助於增長知識，拓寬視野，豐富想像力，並且提高判斷是非的能力。在這個階段培養孩子良好的閱讀興趣和閱讀習慣非常重要，讓孩子學會閱讀、喜愛閱讀，受益終身。

錢欣葆先生是當代著名寓言家，寓言構思巧妙、幽默有趣、耐人尋味。文章短小精悍，語言凝練，可讀可誦。生動有趣的故事中

閃爍著智慧的光芒，蘊含著做人的道理。每篇寓言故事讓孩子感受不一樣的體驗、不一樣的樂趣，有不一樣的收穫。

《小學生寓言故事》有：誠實守信、勇敢機智、獨立思考、品德禮貌、謙虛好學、合作分享、溫馨親情、自立自強八冊。每篇寓言後面都有「故事啟示」，點明寓意，讓孩子更好地理解寓言中蘊含的深刻哲理。

這套寓言故事書，可用於家長和孩子的親子閱讀，有閱讀能力的孩子也可以獨自閱讀。美妙的文章中蘊含著人生大道理和大智慧，在輕鬆愉快的閱讀中，可以得到教育和啟迪，學到一些生活的智慧和做人的道理。

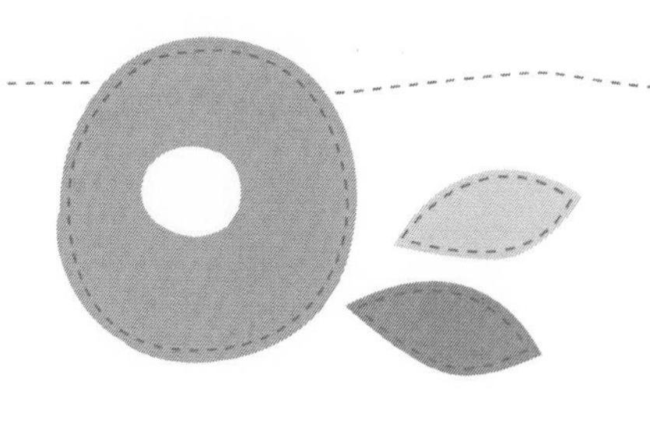

Contents

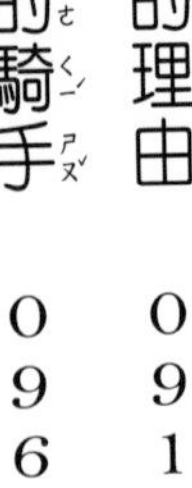

自立自強是一種自我生存的意識和能力，只有奮發進取才能取得成功，才能擁有美好人生。永遠不要被別人的譏笑和懷疑擊倒，腳踏實地努力做好自己的事情。自立自強是任何一個人成功所必須具備的條件與素質。

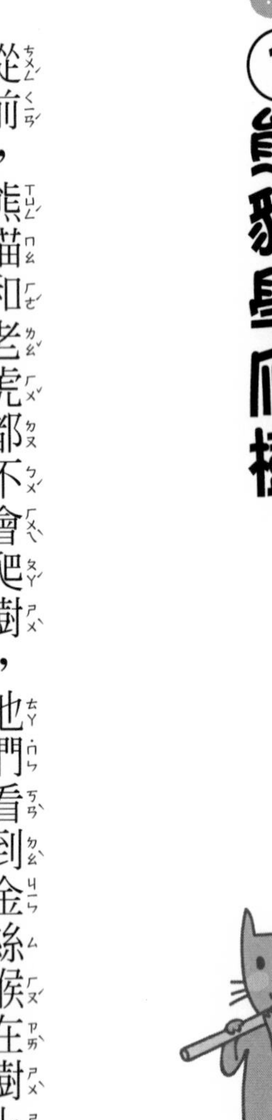

1 熊貓學爬樹

從前，熊貓和老虎都不會爬樹，他們看到金絲猴在樹上玩得很開心，十分羨慕。

熊貓對老虎說：「會爬樹多好啊！我們一起去向金絲猴學習爬樹的本領，你看好不好？」

老虎擔心地說：「能夠學會爬樹當然很好，但是如果學不成，會被夥伴們譏笑的啊！」

在熊貓的耐心勸說下，老虎同意和他一起去向金絲猴學習爬樹。在金絲猴的耐心指導下，熊貓和老虎開始學習爬樹。他們費了很大的勁，才爬了一點點高，很快就從樹幹溜滑下去，摔倒在地上。森林裏的夥伴們見熊貓和老虎在跟金絲猴學習爬樹，紛紛過來看熱鬧。

松鼠對熊貓和老虎說：「我和金絲猴之所以能夠成為爬樹高手，是因為我們身體苗條，動作靈活。你們的身體胖乎乎的，動作又不靈活，想學會爬樹簡直是癡心妄想！」

狐狸陰陽怪氣地對熊貓和老虎說：「我的身體比你們苗條得多，也比你們靈活、聰明。我具備這麼好的條件都不會爬樹，你們這麼笨重，想學會爬樹真是異想天開呀！我勸你們還是不要在那裏學爬樹了吧，真丟人現眼，讓人笑掉大牙！」

老虎聽了松鼠和狐狸的話，又難受又生氣，悄悄地離開了。熊貓聽了松鼠和狐狸的話，心裏也很不好受，但是他咬咬牙，下定決心繼續向金絲猴學習爬樹的本領。經過一段時間的艱苦學習和刻苦練習，熊貓終於能夠很輕鬆地爬上高高的樹了。

老虎見熊貓學會了爬樹，歎了一口氣，說：「松鼠和狐狸的那些話太傷自尊心了，讓我失去了學習爬樹的信心。」

熊貓對老虎說：「無論你做任何事情，總會有人說三道四的。如果沒有堅定的信念，很容易就會灰心放棄，只有堅持才能獲得成功！」

故事啟示

永遠不要被別人的取笑和懷疑擊倒，腳踏實地努力做好自己的事情。自強與自立是任何一個人成才所必須具備的條件與素質。

② 兩隻小袋鼠

袋鼠媽媽有兩個可愛的孩子，她把孩子放在腹部的口袋中，精心哺育他們。時間一天天過去，兩隻小袋鼠越來越大了，把袋鼠媽媽的口袋撐得大大的。小袋鼠在媽媽的口袋裏覺得又溫暖又舒適，高興地哼起了歌。

袋鼠媽媽對小袋鼠說：「你們已經長大了，不要老是待在我的口袋中，應該出去見見世面，學點本領。」

袋鼠弟弟跳出了媽媽的口袋，獨自外出學本領去了。袋鼠哥哥卻繼續留在媽媽的口袋中，不願出去。媽媽多次勸說，他都當作耳邊風。他想：「藏在媽媽的口袋中既舒服又安全，傻瓜才願意出去呢！」

時間過得飛快，袋鼠媽媽老了，再也無力撫養孩子了。袋鼠哥哥失去了媽媽的幫助，不知道自己該怎麼生活。

一天，袋鼠媽媽病倒了，袋鼠哥哥硬著頭皮獨自出去尋找食物。突然，他與一隻大灰狼相遇，大灰狼見這隻瘦弱無力的袋鼠好對付，就向他猛撲過去。袋鼠哥哥慌忙撒腿就逃，哪知逃了一會就氣喘吁吁，腳一軟便倒在了地上。

恰巧，出門很久的袋鼠弟弟剛好打從這條路經過，要回家看媽媽。他見自己的哥哥性命危在旦夕，就拿出平時練就的衝刺本領，飛也似地跳了過去，用有力的腳向大灰狼頭部發起猛烈攻擊。

大灰狼被踢得兩眼金星直冒，腦袋中像裝了無數蜜蜂一般嗡嗡直響。他自知不是身強力壯的袋鼠弟弟的對手，嗥叫一聲逃跑了。

被及時搭救了性命的袋鼠哥哥看了一眼健壯有力的弟弟，又看看自己瘦弱的身體，說：「當初，你的身體還沒有我強壯，如今我已經不能和你相比了。不知你吃了什麼強壯筋骨的靈丹妙藥？」

袋鼠弟弟說：「我並沒有吃什麼強壯筋骨的靈丹妙藥啊！我離開媽媽後經歷了許多風風雨雨，吃了許多苦，在生存鬥爭中，鍛鍊了自己的意志和本領，身體也就格外強壯。」

袋鼠哥哥感歎道：「當初我也應該和弟弟一起毅然離開媽媽，出去經風雨見世面，在困苦中磨練自己啊！」

故事啟示

在這個充滿競爭的社會裏，如果沒有真才實學，就很難生存、發展。從小刻苦學習，經受磨練，長大才能成才。

③想當冠軍的灰鴿

灰鴿身體強壯，翅膀也特別大，飛行速度很快。

一天，灰鴿見到了去年獲得信鴿長途飛行比賽的冠軍白鴿，說：「我想參加今年的信鴿長途飛行比賽，你看我能不能獲得冠軍呢？」

白鴿看了一眼灰鴿，說：「你的身體條件很好，很有希望啊！」

灰鴿高興地說：「如果我獲得了冠軍，就和你一樣可以名揚四海了！」

白鴿說：「獲得長途飛行比賽的冠軍確實是一件很榮耀的事，不過，強手眾多，要取得冠軍很不容易。幾天幾夜長途跋涉的艱險，你也應該有足夠的思想準備。」

灰鴿滿不在乎地說：「我有的是力氣，耐力很好，不怕長途飛行！」

白鴿說：「長途飛行除了奮力拚命與強手競爭，還要防備獵人的槍彈和老鷹的襲擊。突如其來的電閃雷鳴很可能會讓你迷失方向，強烈的暴風雨有可能把你摔倒在地。上次我們一起參賽的鴿子中，有受傷的，也有不幸身亡的。」

灰鴿說：「原來長途飛行有這麼多艱險啊，那我就不高興參加比賽了。」

白鴿對灰鴿說：「可惜了，真可惜啊！」

灰鴿說：「如果我去參加比賽，受了傷或者死了才可惜呢！我現在又沒有什麼損失，有什麼可惜呢？」

白鴿說：「你有很好的身體條件，卻缺乏戰勝困難的勇氣，十分可惜！」

故事啟示

自強自立是一種自我生存的意識和能力，只有奮發向上才能擁有美好人生。一個具有自尊、自信的人，必定對未來充滿希望，奮發向上，積極進取。

④狐狸捕魚

美麗的大森林裏有一條彎彎的小溪，清澈的溪水中時常有魚兒飛快地游過。黑熊站在奔騰的激流中，一會就捕捉到了一條大魚。狐狸看著黑熊抓到了活蹦亂跳的大魚，十分羨慕。

狐狸想，自己聰明、機靈，一定能夠抓到很多大魚。狐狸滿懷信心地伸足踏入小溪中，開始捕魚。

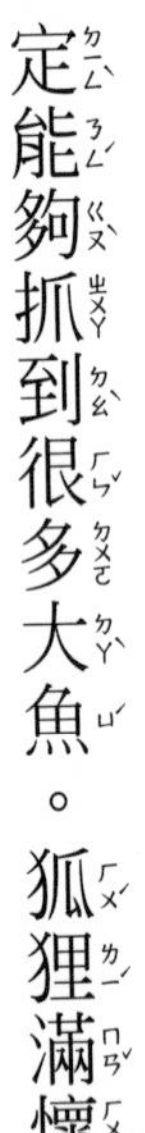

狐狸在冰冷的溪水中站了一會，覺得雙腳又冷又痠，十分難受。他見旁邊有一塊露出水面的大石頭，走過去蹲在石頭上面。狐狸想：「蹲在石頭上捕魚，比站在冰冷的水中捕魚舒服多了。」

突然，狐狸發現一條魚兒從水中游過，急忙伸手去抓，沒有抓到。後來，狐狸好久都沒有見魚經過，就打起了瞌睡，夢見自己捕捉到許多大魚。

黑熊看到一條大魚飛快從游過，「撲通」一聲猛撲進水裏，全身都浸在冰冷的溪水中。黑熊終於把大魚抓住了，一邊把大魚高高舉起，一邊哈哈大笑起來。

狐狸被黑熊的笑聲驚醒了，睜開眼睛一看，原來黑熊又捕捉到了一條大魚。狐狸的肚子已經餓得「咕嚕咕嚕」直叫，見了黑熊的魚口水滴答、滴答不停地往下流。

狐狸歎了一口氣，對黑熊說：「你的運氣真好，大魚都往你那邊游。我的運氣不好，一條魚也沒有抓到。」

黑熊對狐狸說：「你舒舒服服地蹲在石頭上，還一邊打瞌睡，怎麼能捕捉到魚呢？」

故事啟示

光有聰明和機靈是不夠的，沒有腳踏實地的精神，有了好的機會也會白白失去。機遇是重要的，但刻苦是關鍵。

⑤白馬想當黑馬

黑馬天天刻苦練習奔跑，希望能夠早日成為千里馬。白馬天天對夥伴們講自己的理想，說要早日成為千里馬。

春去秋來，時間過得飛快，不覺一年過去了，舉行長跑比賽的消息在草原上傳開了，黑馬和白馬都去報名參賽。

白馬僅跑了一圈就氣喘吁吁再也跑不動了，他退出了比賽。

黑馬在落後的情況下奮力拚命，戰勝了許多競爭對手，終於奪取了冠軍。大家都誇他是在落後情況下殺出的一匹黑馬，很了不起。從此，黑馬成了遠近聞名的千里馬。

白馬見黑馬成了大家都誇獎的千里馬，十分羨慕。

白馬對黑馬說：「我天天都夢想成為千里馬，可是至今沒有實現自己的理想。看來黑色毛的馬運氣比白色毛的馬好，我多麼想把渾身白毛都染成黑色，也成為一匹幸運的黑馬啊！」

黑馬語重心長地說：「天天把理想掛在嘴上，理想只能在睡夢中實現；只有腳踏實地刻苦鍛鍊，才有希望成為千里馬。你平時光說不練，賽場上怎麼能夠與強者去競爭呢？你就算把白毛染成了黑色，也還是一匹不斷落在隊伍後面的黑馬，又怎麼能成為後來居上、一馬當先的黑馬呢?!」

白馬懊惱地說：「草原長跑比賽已經結束了，我已經失去了一舉成名的好機會。」

黑馬說：「機會對於大家都是均等的，如果沒有預先具備好實力，你怎麼去競爭呢？」

故事啟示

有實力才能抓住機會，在激烈的競爭中脫穎而出。沒有實力，要想獲得成功只是妄想。自強就是不安於現狀，勤奮、進取，靠自己的努力不斷向上；自立就是靠自己的勞動生活，不依賴別人。

⑥ 劉老大的懊悔

從前，有兄弟倆，哥哥叫劉老大，弟弟叫劉老二。他們的年紀都不小了，卻依然不學無術，整天東遊西蕩，靠著變賣祖上留下的財產過日子。大家都說他們是沒出息的人。

一天，劉老二對劉老大說：「魯班是大名鼎鼎的巧木匠，我們去拜他為師，學習木工手藝，也好有點出息。」

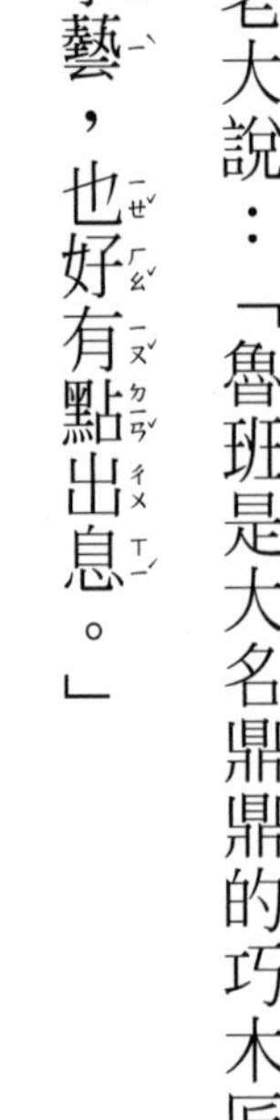

劉老大歎了一口氣，說：「我如果早幾年就去魯班那裏學習手藝，今天肯定就是遠近聞名的巧木匠了。我錯過了學木工手藝現的最好時機，現在去學已經太晚了，真懊悔啊！」

劉老二見哥哥不願同往，只好獨自去拜魯班為師。劉老二天天起早摸黑跟魯班學習。經過三年的努力，終於學到一手木工手藝。他做的木工活和魯班一樣既快又好，大家都誇他為「小魯班」。

見大家這麼稱讚弟弟，劉老大歎了一口氣，說：「如果我當初和老二一起去魯班那裏學木工，今天也可以成為人人稱讚的巧木匠了。我又一次錯過了學木工手藝的好時機，真懊悔啊！」

鄰居對老大說：「你兩次錯過學木工手藝的機會，確實有些可惜。不過你尚年輕，如果你真想學習一門手藝，現在也還來得及啊！」

劉老大說：「我已經失去了好機會，現在學習太晚了。我真後悔啊！」

光陰如箭，日月如梭，劉老大轉眼已變成了白髮蒼蒼的老公公。他終究一事無成，懊悔終生。

故事啟示

如果你只有對「昨天」錯失良機的懊悔，卻沒有「今天」的行動，那麼，你還將為失去「今天」而懊悔。重要的是總結教訓，牢牢抓住「今天」，腳踏實地去學習和工作。

⑦猴子種瓜

有一個白鬍子老公公，他種的西瓜可大啦！一天，老公公「啪」的一聲切開一個大西瓜，津津有味地吃了起來。小猴見了，饞得口水「滴答、滴答」直往下掉。老公公摘了一個大西瓜送給他。小猴謝了老公公，就把西瓜切開了。多好的紅瓤大西瓜呀，又甜又解渴，真好吃。

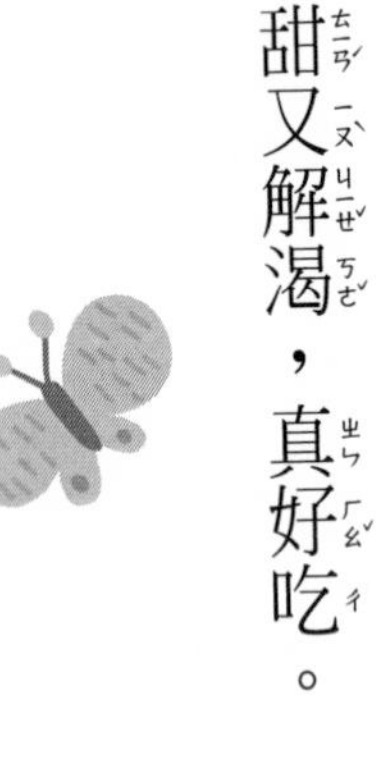

小猴把西瓜種子帶回家，曬乾後藏起來。播種時節到了，小猴把西瓜種子種在田裏。下種後，他就出外玩耍去了，很久沒有回家。

一天，小猴經過白鬍子老公公的西瓜田，見長滿了大西瓜，心想：「嗯，我田裏的西瓜一定也很大了。」

小猴滿懷期待蹦蹦跳跳地來到自己的西瓜田裏，一看，愣住了。哪裏有什麼大西瓜？只見田裡到處長滿了雜草。他找呀找，找到了幾根又黃又瘦的西瓜藤。小猴摘下雞蛋大的西瓜一嘗，又苦又澀，他惱火了，「劈哩啪啦」把小西瓜都打碎了。

老公對小猴說：「光下種不行，還應該除草、澆水、施肥，你不辛勤勞動，不流汗水，當然種不出大西瓜啊！」

第二年，小猴又向老公公要了些西瓜種子，他認真播種，每天「嘩嘩嘩」澆三遍水，每天「嘩嘩嘩」施兩次肥，他身上的汗水「滴溜溜」直往下掉。小猴想：「我流的汗比老公公還多，今年的西瓜一定比老公公的大。」

可是，沒過多久，西瓜藤卻依然細瘦枯黃了，小猴拍著後腦勺，不明白是怎麼回事！他把老公公請了來，想知道自己失敗的原因。

老公公察看了一下西瓜田後，說：「光流汗不行，還應多動腦筋，西瓜田裏太潮濕了，西瓜根整天浸在水裏，難怪葉子蔫掉枯黃了。」

小猴聽了老公公的話，在田裏開了溝，把水排到池塘裏去，他又用鋤頭鏟鬆了土。後來，西瓜葉子果然長得碧綠碧綠。沒多久，田裏就長滿了大西瓜。小猴可高興了，「刷刷刷」一連翻了九個筋斗。他把西瓜送給了小熊、小鹿和小狗，讓他們嘗嘗自己種的大西瓜。

小熊問小猴：「你是怎樣種出大西瓜來的？」

小猴認真地說：「只要肯動腦筋，肯吃苦，做什麼事都成功。」

故事啟示

不付出辛勤勞動不可能取得豐碩成果，付出了辛勤勞動也不一定就有豐碩成果。做任何事情，除了需要一步一腳印的精神，還要善於思考。盲目蠻幹，只能徒勞無功。

⑧ 狗熊砌圍牆

猩猩當泥瓦匠已經多年，砌磚牆技術高超，大家都喜歡請他造房子。狗熊、金絲猴、棕熊一起去報名當學徒，猩猩收下了三位徒弟。

猩猩向徒弟們先講了砌磚牆的要領，又手把手地耐心教他們如何砌牆。金絲猴和棕熊都聚精會神聽師傅講解，認真刻苦練習砌牆。狗熊身在師傅旁邊，心卻想著玩耍，師傅一走就躺在地上睡懶覺。

一天，猩猩師傅對三位徒弟說：「你們已經練習砌牆好多天了，今天我要考考你們的技術。你們在這裏共同砌一堵寬牆，等一會我來檢查。」

狗熊、金絲猴、棕熊一起開始砌牆，牆慢慢砌高起來了。狗熊把牆砌到和胸部差不多高時，發現自己砌的左邊這一段牆有些向身體這邊傾斜。狗熊想：「等會師傅過來見到我砌的牆壁這樣傾斜，一定會狠狠教訓我。」

狗熊見金絲猴砌的中間那段牆筆直好看，就對他說：「我不習慣在左邊砌牆，我們調換一下位置吧！」

金絲猴見狗熊再三要求調換位置，就同意了。

狗熊在中間把牆砌到和頭頂一樣高時，發現自己砌的牆又向身體這邊傾斜了。他見棕熊砌的右邊的牆壁筆直好看，就說自己不習慣在中間砌牆壁，喜歡在右邊砌牆。棕熊見狗熊再三請求，就和狗熊調換了位置。

猩猩忙完別的事情回來，查看了一下徒弟們砌的牆，十分生氣地說：「金絲猴、棕熊都沒有把牆壁砌直，你們倆把牆拆掉後繼續在這裏練習砌牆。狗熊砌的牆不錯，現在就跟我去幫助大象家建圍牆吧。」

金絲猴和棕熊還來不及申辯，猩猩就帶著狗熊急急忙忙地走了。

猩猩在大象家東邊砌圍牆，讓狗熊在西邊砌圍牆。狗熊砌的圍牆越來越高，傾斜也越來越厲害。突然間，「轟」的一聲圍牆倒塌了。狗熊被倒下的磚壓傷了腳，疼得哇哇直叫。

猩猩聞聲趕來，疑惑地說：「考核時見你砌的那段牆非常筆直，這會兒你砌的圍牆怎麼倒塌了呢？」

金絲猴和棕熊趕來，把剛才狗熊和他們調換位置的事情告訴了師傅，猩猩這才恍然大悟。

猩猩語重心長地對狗熊說：「沒有真本事，靠小聰明投機取巧，遲早會出洋相的啊！」

故事啟示

自強自立的人胸懷大志，刻苦學習，不怕艱苦。他們克服前進道路上的重重困難，奪取輝煌的成果！

⑨一匹擅長辯解的馬

棗紅馬見別的馬成了大名鼎鼎的千里馬，十分羨慕。他覺得自己身體健壯，條件很不錯。之所以沒有出名，只是缺少好的機遇。棗紅馬希望能夠見到伯樂，心想只要有伯樂推薦，自己肯定會名聲大振。

一天，棗紅馬聽說伯樂在挑選千里馬，覺得出人頭地的機會到了。棗紅馬想去碰碰運氣，希望能被選上，安排一個好工作。第二

天，棗紅馬一直睡到下午才醒來。他洗了澡，吃了東西才慢悠悠去找伯樂。

棗紅馬對準備回去的伯樂說：「伯樂先生，請你給我相一下吧！」

伯樂對棗紅馬說：「你怎麼這時才來？選千里馬早已經結束了。你回去吧！」

棗紅馬聽伯樂這麼一說，著急地說：「對不起，我太忙了，來晚了，請你給我相一下吧。我永遠不會忘記你的大恩大德的！」

伯樂見棗紅馬苦苦懇求，就認真相了一下，說：「你的品貌風骨較為一般，不是千里馬。不過你不要難過，回去找一份適合你的工作，踏踏實實地做，也會有成果的。」

棗紅馬對伯樂說：「從外貌上看也許我不是千里馬，但我奔跑起來真正的千里馬也追不上呢。」

伯樂見棗紅馬對自己的評判不服氣，就說：「那好吧，你和千里馬比賽一下！」

棗紅馬和千里馬一起奔跑起來，千里馬越跑越快，棗紅馬卻越跑越慢，一會就跑不動了。

伯樂對棗紅馬說：「這下你服輸了吧？」

棗紅馬一邊喘著氣一邊辯解道：「不，要不是我這幾天身體不好，我一定能跑過千里馬。你如果肯給我一次做千里馬的機會，我一定不會辜負你的期望。」

伯樂說：「你是一匹擅長辯解的馬，你的本領不是在腳上，而是在嘴上。除了不斷找理由為自己辯解，你還能做些什麼呢？」

故事啟示

喜歡為自己辯解的人，往往缺乏競爭實力。他們誇誇其談，嘴上功夫特別厲害，總能為自己的不好表現找到一個「理由」。沒有真本領，又不好好學習，要想取得成功是不可能的。

⑩愛發議論的山雞

早晨，太陽剛剛升起，一隻長著漂亮羽毛的山雞就在森林中悠閒地散步。

山雞看見貓頭鷹躲在樹枝上休息，大聲對他說：「你睜一隻眼閉一隻眼休息很不雅觀，還是把這個壞習慣改掉吧！」

貓頭鷹看了一眼山雞，說：「我們貓頭鷹睜一隻眼閉一隻眼休息，是為了提高警惕啊！我覺得這沒有什麼不好啊！」

山雞看見啄木鳥在「篤篤篤」地用力啄著樹木，大聲對他說：「你啄木時太用力了，難聽的啄木聲破壞了森林的寧靜！」

啄木鳥低頭對山雞說：「樹木很堅硬，用力啄出一個小洞，才能把躲藏得很深的害蟲抓住啊！」

啄木鳥看見烏鴉躲在樹枝上，用嘴細心梳理自己的羽毛，於是大聲對烏鴉說：「你渾身漆黑一團，十分難看，再梳理也沒有用。你沙啞的『嘎嘎』叫聲也很難聽……」

烏鴉對山雞說：「你別沒事找事，亂發議論了。對你毫無意義的瞎議論大家都不感興趣，只會感到厭惡。我們每個都踏踏實實地在為別人做有益的事情，而你呢，除了說三道四，你曾經為別人做過什麼好事嗎？」

山雞不服氣地說：「你們做的都是小事，我才不願做呢。我在等待時機，做一番轟轟烈烈的大事。」

一天，一隻流著口水的狐狸悄悄從草叢中鑽出來，一把抓住了山雞。山雞拚命掙扎，大聲呼救。貓頭鷹、啄木鳥、烏鴉聽見了，一起飛下來，用嘴不停地用力啄狐狸的腦袋。狐狸感到腦袋快要炸開來一樣難受，只好放下山雞溜走了。

烏鴉對渾身發抖的山雞說：「你機會沒有等到，卻等到了危險。要不是我們及時相救，你就沒有命了啊！」

故事啟示

許多人總是等待著機會從天而降，而不想努力工作來創造機會。他們吹噓自己比別人高明，沒有取得成功只是命運不好，沒有碰上好的機遇。

⑪兄弟開船

有兄弟倆合作經營運輸生意，第一次開船運送貨物，就碰上了頂頭風，他們拚命搖櫓船卻行得很慢。

老大對老二說：「這麼大的頂頭風光靠搖櫓不行，我到岸上去拉縴，你在船上搖櫓。我們同心協力，一定能夠把貨物送到目的地！」

老大光著膀子在河岸上用力拉縴，累得滿頭大汗。老二在船上拚命搖櫓，累得直喘粗氣。老大和老二經過一天的艱苦努力，終於把貨物運送到了目的地，順利地交了貨物。

當他們起錨返航時，是順風了。他們豎起桅杆，升起白色的帆，卸了貨物的空船飛快地行駛在水面上。

老大掌著舵，高興地對老二說：「剛才來的時候是逆風逆水，行船太艱難了；如今是順風順水，太舒服了！」

老二看著鼓滿風的帆，喜笑顏開地說：「如果行船都是順風順水就好了！」

老大一邊掌舵，一邊興高采烈地和老二飲酒聊天。風越來越大，船越開越快，只見兩岸的樹木飛快地向後退去。老大和老二頻頻舉杯，開懷暢飲慶祝回程一帆風順。

老大忙著飲酒聊天，舵沒有掌穩，船突然像脫韁的馬，飛快地向岸邊衝去。「砰——」的一聲巨響，船頭撞在了河邊的石岸上，撞出了一個大窟窿。

老大看著撞壞的船，歎了口氣，說：「真沒有想到，逆風開船沒有出問題，順風開船卻發生了這麼大的事故。」

老二搖著頭，不解地說：「怎麼會發生這樣倒楣的事情呢？」一位老人走過來，對兄弟倆說：「我在這河邊住了很久了，很少見到逆風逆水行駛船隻出事故的，順風順水行駛船隻卻往往容易出事。」

故事啟示

人生如行船。在逆境中需要努力拚命，奮發向前；在順境中需要提高警惕，小心謹慎！

⑫啄木鳥的體會

啄木鳥每天在森林裏忙碌地為樹木檢查身體，用堅硬的嘴巴在病樹上啄一個小洞，把危害樹木的天牛吃掉。幾年來，啄木鳥一直起早摸黑，不辭辛苦。

獼猴是《森林日報》記者，他對啄木鳥進行了貼身採訪，在報紙上發表了一篇題目為〈勞苦功高的森林衛士〉的長篇通訊。啄木鳥默默奉獻的生動事蹟寫得十分感人，大家對他刮目相看。

早晨，啄木鳥正要出門去為樹木治病，被早已等候在門外的百靈鳥、雲雀和孔雀攔住了。

百靈鳥搶先對啄木鳥說：「森林歌唱大獎賽今天在綠色歌廳舉行，你的歌唱得很好，參加比賽一定能夠獲得金盃。」

啄木鳥還沒有說話，雲雀急忙對啄木鳥說：「百鳥飛翔大獎賽今天在芳草運動場舉行，你飛行的速度很快，參加比賽肯定能夠獲得金牌。」

啄木鳥正要開口說話，孔雀對啄木鳥說：「森林之春時裝大獎賽今天在五彩大廳舉行，你是森林明星，我特地邀請你去那裏當評委。」

啄木鳥看了一眼面前的三位來客，說：「你們的好意我心領了，不過，我是不會去參加任何大獎賽的。還請你們理解、見諒。」

百靈鳥對啄木鳥說：「你是著名森林衛士，如果再獲得一個歌唱金盃獎就錦上添花了啊！」

雲雀說：「參加飛行比賽是一次很好的機會，讓大家看到你不僅是位給大樹治病的高手，還是飛行冠軍。多才多藝就更能夠讓大家敬佩啊！」

孔雀說：「當時裝比賽的評委，不僅有豐厚的報酬，還是進一步提高知名度的好機會。這樣的好事你為什麼不去呢？放棄好機會很可惜啊！」

啄木鳥說：「唱歌和飛翔我雖然都會，但是沒有足夠實力去和高手比賽。我對時裝根本不懂，怎敢去當評委呢？所以，我都不參加了，還是踏踏實實去做我的老本行，為樹木治病去。」

百靈鳥、雲雀、孔雀異口同聲地說：「你不參加大賽不感到遺憾嗎？」

啄木鳥說：「我覺得有自知之明很重要。不要以為自己什麼都行，見到任何好事都想去插一手，這樣不但會白白浪費許多寶貴時間，還會給自己帶來不必要的煩惱。」

啄木鳥說完就飛走了。一會，遠處就傳來「篤篤篤」的啄木聲。

故事啟示

世界充滿誘惑，獲取固然重要，但有時放棄才是真正明智的選擇。盛名之下，尤其要有清醒的頭腦，要抵制誘惑。集中時間和精力，發揮自己特長，努力做好工作，不能見異思遷。

⑬懶漢找工作

從前，有一個懶漢，靠祖上留下的財產生活。他除了吃和睡，什麼都不想做，身上的衣服已有三年沒有洗了，又髒又臭。坐吃山空，祖上的財產花完了，房子也賣了，懶漢吃了上頓沒下頓，成了個窮光蛋。

懶漢已有兩天沒有吃到飯了，餓得慌，準備找一個工作，也好混口飯吃。

懶漢來到鐵匠鋪，對打鐵師傅說：「收下我吧，我可以給你管賬。」

打鐵師傅停下手中的鐵錘，說：「我這小小的鐵匠鋪，用不著管賬的，這裏倒缺一個打鐵的夥計，如你願意，可以試試。」

懶漢看了看大鐵錘，搖搖頭走了。

懶漢來到茶館，對茶館主人說：「收下我吧，我可以給你看門。」

茶館主人一邊忙著給老虎灶加水，一邊說：「我這個小小茶館，用不著看什麼門，這裏倒是缺一個挑水的夥計，如果你不怕吃苦，可以留在這裏。」

懶漢看了看大水桶，搖搖頭。他歎了口氣，自言自語地說：

「我的命真苦，怎麼就見不到一個賞識我的人呢？」

懶漢聽見幾個喝茶的老漢在講，布店老闆是個懶老闆，他身上的衣服已有三年沒有洗了。懶漢一聽，十分高興，心想這下找到知音了。他急忙來到布店，推門進去一看，只見四處佈滿了灰塵和蜘蛛網。

老闆躺在床上，懶洋洋地說：「你來做什麼？」

懶漢急忙說：「我和你有許多共同點，我想我們倆一定合得來，讓我在你店中混口飯吃吧。」

老闆冷冷地說：「你錯了，懶老闆哪會喜歡懶夥計？再說，我平時懶得管理布店，如今已經破產，還徵什麼人呢？」

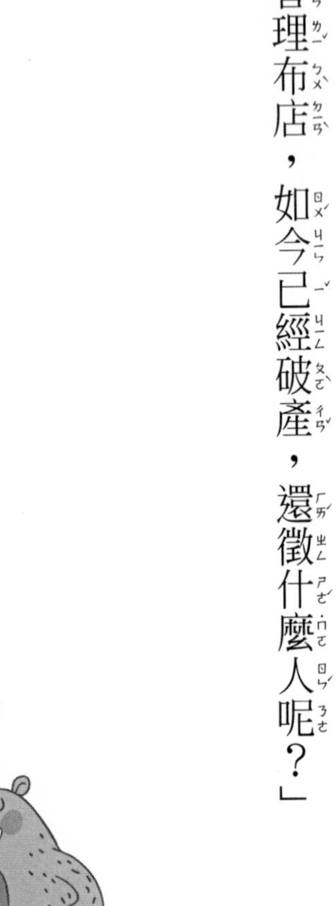

故事啟示

懶惰就像金屬生鏽一樣，只有經常使用的鑰匙才是亮閃閃的。懶漢常常埋怨別人、埋怨命運，就是沒有埋怨自己。人不應該依賴別人生活，要自強自立，不甘落後，積極進取。

14 山鷹直衝雲霄

山鷹揮動著又長又寬的翅膀，在藍天白雲間自由自在地飛翔。

他俯視美麗的田野、彎彎的小河，感到格外舒暢。

夏日的天氣就像孩子的臉，說變就變。剎那間，原來晴朗的天空烏雲密佈、電閃雷鳴，緊接著就是狂風暴雨。

山鷹一直陶醉在美妙的大自然美景中，沒想到突然間風雲突變。山鷹在風雨中奮力搏擊，想回到山崖上的岩洞中躲避風雨。一陣呼嘯而來的狂風夾著傾盆大雨把山鷹重重地摔倒在池塘邊，他的翅膀受了重傷，鮮血直流。

白鵝隔著窗戶看見到了風雨中受傷的山鷹，就把他接到了家中。在白鵝的精心照顧下，十多天後山鷹的翅膀上的傷口就復原了。

一天，山鷹整理好自己的羽毛，對白鵝說：「我的傷已經痊癒，今天就要離開你了。你的救助之恩我將永遠銘記在心，謝謝你！」

白鵝說：「你的傷口剛好，應該在我家多住些日子，好好調養。難道我家的生活條件不如你家的好，還是我招待不周？」

山鷹說：「你家環境很好，舒適又溫馨；我們山鷹沒有家，山崖上的岩洞就是我們臨時休息的地方。這些天來你的精心照料讓我格外感動，我從心底裏感激你！但是，我怕在這樣優越的環境中生活久了，會失去搏擊長空的勇氣。」

不管白鵝怎麼勸說，山鷹卻堅持要離開。山鷹揮動翅膀，「嗖」一下直衝雲霄。

故事啟示

憂患常常促使人發憤圖強，積極向上；而過分安樂的環境，則容易使人安於現狀，不思進取。每個人都有潛在的能量，只是很容易被習慣所掩蓋，被環境所迷離，被惰性所消磨。

⑮ 下棋筆記

張三和李四都喜歡下圍棋，他們一起去拜圍棋高手為師，提高棋藝。經過一段時間的學習，兩人的棋藝有了很大提高，在一次比賽中，張三獲得冠軍，李四獲得亞軍。

圍棋老師十分高興，對他們說：「俗話說：『師傅領進門，修行靠自身。』你們今後要多和各地棋手交手，在實踐中磨練意志，提高棋藝。」

張三和李四告別了圍棋老師，各自外出去找棋手交手。

時間過得飛快，不覺已經半年時間過去了。張三和李四回到了師傅那裏，師傅讓他們兩人對弈。沒有多久，張三就認輸。一連下了幾盤，都是李四大勝，張三慘敗。

張三疑惑地對李四說：「半年前，我倆的棋藝不相上下，現在你怎麼這麼厲害，你是怎麼提高棋藝的，有什麼祕訣？」

李四拿出一本本子，說：「說不上有什麼祕訣，不過我覺得堅持記下棋筆記對自己進步很有好處。」

張三也拿出一本本子，說：「我也是堅持記下棋筆記的啊！」

師傅拿過張三和李四的下棋筆記本，仔細看了一會，感慨地說：「李四筆記本上記錄的都是輸給圍棋高手的痛苦經歷，這有利於吸取教訓，提高棋藝，激勵鬥志；張三筆記本上記錄的都是贏普通棋手的快樂過程，這是自我安慰，盲目樂觀，不思進取。同樣是下棋筆記，記錄內容各異，效果也正好相反啊！」

故事啟示

能夠戰勝別人是有能力的表現，但能夠戰勝自己才是真正的強者。有些人有了一點成績就驕傲自滿，不思進取。如果他不能戰勝自己，就很難取得新的突破。虛心使人進步，驕傲使人落後！

⑯「獲獎感言」

草原上的賽馬大獎賽再過幾天就要舉行了，馬兒們都用心地在為參賽做最後的準備，希望能夠賽出好成績。

大家都說白馬很有實力，最有可能奪得冠軍金牌。白馬聽了十分高興，他回到家中，一會在本子上寫字，一會又搖頭晃腦地輕聲朗讀起來。

白馬媽媽對白馬說：「孩子，賽馬大獎賽很快就要開始了，大家都在訓練場認真訓練，你怎麼老窩在家裏呢？」

白馬說：「我也是在為賽馬大獎賽做準備呢！」

白馬媽媽說：「你是不是在認真總結以往的訓練體會，尋找差距，以便在比賽中有更好的發揮呢？」

白馬搖搖頭，說：「不對。」

白馬媽媽說：「你是不是在抒寫奪取比賽好成績的誓言，激勵自己在大賽中一馬當先，勇往直前？」

白馬搖搖頭，說：「也不對。」

白馬媽媽拿過兒子的本子一看，只見最上面寫著「獲獎感言」四個字。

白馬說：「我獲得冠軍後，大家肯定要我發表『獲獎感言』，現在不做好準備，到時候東一句西一句講不好，那多麼尷尬，多麼丟人！」

白馬媽媽語重心長地說：「賽場競爭十分激烈，你應該好好準備比賽才對。如果比賽失利，『獲獎感言』準備得再好又有什麼用呢?!」

故事啟示

每一次比賽都是一次展示個人實力的機會，做好賽前訓練是取得勝利的重要保證。即使你再有實力，賽前麻痺大意，就很難取得好成績。

⑰ 挖人參

採藥老人雖然滿頭銀髮，身體卻十分強健，還經常帶著兩個兒子去山中採挖藥草。

突然，採藥老人眼前一亮，發現前面有一棵人參。

老人指著人參對大兒子說：「這是棵百年老參，十分珍貴，你把它完整地挖出來，可以賣個好價錢。」

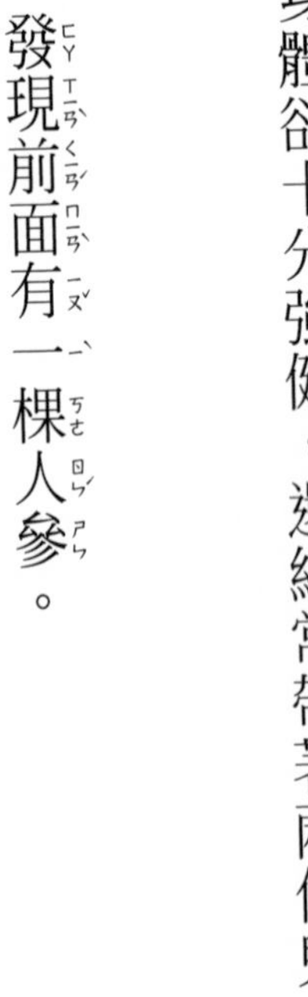

大兒子看了一眼地上的石塊，搖搖頭，說：「地上有這麼多堅硬的石塊，怎麼可能挖得出來呢？」

小兒子在手掌上吐了些唾沫，自告奮勇地拿起小鐵鍬開始艱難地挖人參。他挖了半天，流了許多汗，才把人參完整地挖了出來。

採藥老人的臉上露出了欣喜的神色，誇獎道：「你終於把這棵大人參挖出來了，真能幹！」。

大兒子聽了，很不高興地說：「挖一棵人參又有什麼值得多誇耀的，其實，我也是可以的……」

採藥老人指著一旁的另一棵人參，對大兒子說：「這邊還有一棵大人參，就由你來挖吧！」

大兒子看著人參，皺了皺眉頭，說：「這棵人參旁邊有許多荊棘，搞不好要刺傷手的，還是不要去挖它吧……」

採藥老人生氣地對大兒子說：「你和你弟弟確實都很能幹，只是你的弟弟能幹的是雙手，你能幹的是一張嘴。」

故事啟示

有信心不一定會贏，沒有信心一定會輸；有行動不一定會成功，沒有行動就註定會失敗。無論做什麼事情，總是有困難的，如果沒有自信面對困難，千方百計為逃避尋找藉口，將一事無成。

⑱小鴕鳥的飛翔夢

小鴕鳥啄碎蛋殼，慢慢鑽出破碎了的鴕鳥蛋。鴕鳥媽媽看著自己的孩子，心中格外高興，精心呵護他。

小鴕鳥一天天長大了，他看見山鷹在天上飛翔，十分羨慕地說：「我多麼希望能有山鷹那樣長而有力的翅膀，像他那樣在藍天白雲間自由地飛翔啊！可惜我們鴕鳥的翅膀又小又沒有力氣，只是個無用的擺設罷了，唉！我們是多麼不幸啊！」

鴕鳥媽媽對小鴕鳥說：「我們的翅膀確實不能飛翔，但也用不著那麼悲觀，我們有長得很長又十分有力的腿，非常適合於奔跑。這是我們值得驕傲和自豪的優點啊！」

小鴕鳥說：「這個我也知道，但是如果我們除了有強壯有力的雙腿外，再有一對能夠飛翔的翅膀不就完美無缺了嗎！」

鴕鳥媽媽說：「世界上幾乎沒有十全十美的東西，我們擁有的也許正是人家所羨慕的，對於我們來說揚長避短才是最重要的！」

小鴕鳥聽了媽媽的話，堅持天天刻苦鍛鍊奔跑，終於練出了真材實料的過硬本領。他跑起來像風一樣，那是多麼美妙的「飛翔」啊！

故事啟示

人們似乎每天在無奈地接受既定命運的安排，實際上，人們每天都在不知不覺地安排著自己的命運呢。正確的選擇是成功的基礎。要揚長避短，不可盲目模仿，要根據自己的實際情況選擇發展方向。

19 黃貓的理由

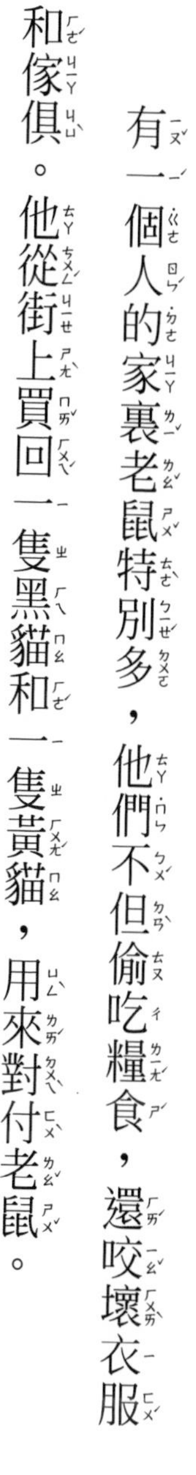

有一個人的家裏老鼠特別多，他們不但偷吃糧食，還咬壞衣服和傢俱。他從街上買回一隻黑貓和一隻黃貓，用來對付老鼠。

第一天，黑貓抓到一隻大老鼠，黃貓卻什麼也沒有做。

主人想，黃貓不抓老鼠，一定有他的原因，於是關心地問道：

「你沒有抓老鼠，一定是身體不舒服吧？」

黃貓伸了個懶腰，說：「吃東西時，黑貓吃得多，我吃得少，我渾身沒有力氣，叫我怎麼去抓老鼠？」

主人想，黃貓的話有道理，就安慰了他，並責備了黑貓。第二天，黑貓又抓到一隻大老鼠，黃貓還是沒有抓老鼠。

主人又關心地問黃貓：「怎麼，今天還是沒有吃飽嗎？」

黃貓裝出委屈的樣子，說：「今天是吃飽了。剛才，我原想和黑貓同時衝上去抓老鼠的，哪知黑貓搶先衝了上去。他抓了一隻老鼠，把其餘的都嚇跑了，我所以才沒有抓到老鼠。」

主人覺得黃貓的話有道理，就又安慰了黃貓，責備了黑貓。第三天，黃貓還是沒有抓老鼠，黑貓也不高興抓老鼠了。

黃貓對主人說：「你責備了黑貓，他賭氣不抓老鼠了。我原來想抓老鼠的，怕黑貓打擊報復，所以沒有抓。」

主人又把黑貓狠狠教訓了一頓。黑貓感到十分委屈，他想：「我抓老鼠挨罵，不抓老鼠還是挨罵，叫我怎麼辦呢？」黑貓無可奈何地歎了口氣，悄悄離開了主人家。

黑貓走了以後，黃貓還是沒有抓老鼠。

主人問道：「黑貓在這裏時，你總是說黑貓妨礙了你抓老鼠，現在他走了，你怎麼還不抓老鼠呢？」

黃貓說：「黑貓把容易抓的老鼠都抓完了，剩下的是一些十分狡猾的老鼠了，叫我怎麼抓得住他們呢？」

主人對黃貓說：「黑貓不善言詞，但他是抓捕老鼠的好手；你的嘴皮子很會說話，卻做不了實事。我是個糊塗人，竟然好壞不分，做了蠢事，逼走了老實做事的黑貓。」

故事啟示

懶漢常為自己不幹活找種種理由，實幹家都默默無聞以行動創造業績。有些人能言善辯，誇誇其談，但做不了實事；有些人不善言詞，默默無聞，但是做得十分出色。

⑳ 蹩腳的騎手

有一個老人有兩個兒子，大兒子和他的白馬在賽馬大賽中多次獲得冠軍，是遠近聞名的好騎手。老人的小兒子志大才疏，整天遊手好閒，無所事事。大兒子是老人的驕傲，小兒子成了老人的「心病」。

一天，老人把小兒子叫到面前，對他說：「男子漢就要有所作為，你不能老是這樣整天不做正事。你哥每天起早摸黑刻苦訓練，成了大家都讚揚的好騎手，你要好好向你哥哥學習啊！」

小兒子不服氣地說：「騎馬我小時候就學會了，不是什麼難事。我沒有哥哥的運氣好，沒有找到好馬。如果我有一匹好馬，一定能夠得冠軍！」

父親想了想，對小兒子說：「明天又要舉行賽馬，你就騎你哥哥的千里馬去比賽，看你能夠跑出怎樣的成績來！」

小兒子十分高興，說：「只要哥哥同意把他的白馬借我騎，我一定可以得冠軍！」

大兒子知道父親的用意，就慷慨地把千里馬借給了弟弟。賽馬場跑道上，小兒子信心十足地騎在白馬身上等待比賽開始。發令槍一響，騎手們紛紛騎馬飛奔，你追我趕，競爭十分激烈。小兒子雖然拚命用腳拍打著馬腹，但還是落在隊伍後面，得了倒數第一名。

小兒子一手插腰一手指著白馬，埋怨地說：「我所以成為倒數第一，都怪這該死的馬和我作對，故意不出力，讓我在眾人面前丟盡了臉。」

大兒子一邊輕輕撫摸著白馬，一邊對弟弟說：「你不懂得和馬好好地溝通和配合，怎麼能夠取得好成績呢？」

老人對小兒子說：「你是一個很蹩腳的騎手，那樣粗暴地對待白馬，白馬沒有把你從背上掀下來還算是客氣的呢！」

故事啟示

在賽場取得勝利只要很短的時間，但是在賽場外卻需要無數個日子的艱苦磨練。有些人看到別人成功，認為他只是運氣好，有好的條件。他們沒有看到人家為成功付出了多少代價。

㉑兩頭驢子

胖驢一邊津津有味地吃著煮熟的大豆，一邊對正在拉磨磨麵粉的瘦驢說：「我們倆來到主人家裏已經一年多了，生活還不錯。不過，我們很快就要分手了。」

胖驢見瘦驢一聲不吭地繼續拉磨，接著說：「剛才我隱約聽到主人在和妻子商量，要把你賣掉。」

瘦驢停住了腳步，問胖驢：「你聽清楚了，主人真的要賣掉我？」

胖驢說：「我看見主人指著我們的住處，說要賣掉一匹。雖然沒有直截了當說你，但是肯定說的是你。」

瘦驢說：「你為什麼肯定主人指的就是我呢？」

胖驢表情十分肯定地說：「這還要解釋嗎？我長得比你壯實好看，叫聲也比你響亮。主人肯定喜歡我！」

主人聽到了胖驢的話，走過去對胖驢說：「你的外貌確實比瘦驢壯實好看，你的叫聲也確實比瘦驢響亮。但是，好看的外貌和響亮的叫聲又有什麼用呢？瘦驢勞動時總是盡心盡力，任勞任怨。你長得膘肥體壯，卻好吃懶做，總是出工不出力，怨聲載道。你說我會喜歡你嗎？」

胖驢不服氣地對主人說：「你把我說得一無是處，難道這個世界上就沒有喜歡我胖驢的地方了嗎？」

主人說：「我知道一個地方，那裏一定十分喜歡你！」

胖驢迫不及待地問：「那裏工作累不累？」

主人說：「去了那裏，就不要你做任何事情了。」

胖驢十分高興，問：「快說，這是什麼地方？」

主人說：「屠宰場！」

胖驢一聽就像洩了氣的氣球，一下癱在地上。

故事啟示

一個人既要有真才實學，又要有奮發進取的精神，才能受到歡迎，擔當重任。生活在社會中的人們，不僅要學會生存，更重要的是要學會競爭，在競爭中立於不敗之地。

㉒ 母豬的抱怨

母豬看見水牛在田裏播種玉米，走過去向他要了一些玉米種子。母豬看見金絲猴在田裏播種大豆，走過去向他要了一些大豆種子。

母豬在家門前東邊的田裏種上玉米，在西邊的田裏種上了大豆。母豬想，自己比水牛和金絲猴都聰明，到時候自己既可以收穫很多玉米，還可以收穫很多大豆。除了滿足自己食用，還可以賣很多錢呢！

母豬播種結束，就出遠門旅行去了。過了一個多月，母豬旅行回來了。她見水牛田裏的玉米苗綠油油一片，金絲猴田裏的大豆苗也在茁壯成長，而自己田裏只有稀稀拉拉幾棵弱小的玉米苗和大豆苗。

母豬歎了一口氣，對水牛和金絲猴說：「同樣的種子，同一天下種，為什麼如今田裏卻大不相同呢？唉，我的命運不如你們好啊！」

水牛指著自己紅腫的肩膀對母豬說：「玉米播種後，遇上乾旱，嚴重影響出苗。我天天起早摸黑拉水澆地。你看，我的肩膀都被沉重的擔子壓腫了。」

金絲猴指著腳上的水泡對母豬說：「大豆播種後，我天天忙著澆水、施肥，還要防治害蟲。你看，我整天奔忙，跑得腳上起水泡了。」

水牛對母豬說：「別抱怨命運了，要怪就怪你自己播種後不管理。要想得到收穫，不付出辛勤的汗水是不可能的！」

母豬慚愧地低下了頭，心裏很不是滋味。

故事啟示

懶惰的人往往抱怨命運的不公，勤奮的人常常得到命運的青睞。面對人生困境，不能消磨意志，喪失信心。自強自立，才能最大限度地發揮自己的潛能和價值，創造出精彩的人生。

㉓漁夫織網

有一個漁夫貪圖省事，織的網只有一張桌子那麼大。他出海一天也沒有捕到一條魚，垂頭喪氣地回到了家。

鄰居對他說：「你織的網實在太小了，哪能捕得到魚，還是把網織得大一點再出海捕魚吧。」

漁夫聽了鄰居的話，就認真在家織網，幾天下來，把網織得和鄰居的網一樣大。漁夫帶著他的大網，出海捕魚，一天下來，捕到了許多魚。他唱著歌，高高興興地回家去。

漁夫想：「看來，捕魚多少的關鍵是網的大小。如果我把網織得更大，那捕的魚一定更多。」

漁夫不再出海捕魚，一天接一天在家織網，幾天下來，他把原來就很大的網又擴大了幾倍。巨網織好後，漁夫就帶著它出海捕魚去了。他花了好大的工夫，才把巨網撒入大海。漁夫想：「這一網收起來，魚一定可裝滿一船。」想著、想著，他樂得笑出了聲。

漁夫準備收網了，他拉網時覺得好沉好沉，拉了半天也拉不上來。網中確實有許多魚，魚兒們拚命地向大海深處游去，不但把小船拉得翻了身，害得漁夫也落到了海裏，奮力掙扎才游上了岸。

漁夫這才知道，網並非是越大越好，貪得無厭，往往會得到相反的結果。

故事啟示

任何事情都應該從實際出發。盲目蠻幹、貪得無厭，往往會得到相反的結果。一些貪婪無知的人常常會做出一些可笑的舉動，還自以為是。他們無論多麼自信，總是以失敗告終。

㉔ 狗熊挖水井

由於河水遭到污染，動物王國的居民都紛紛在自己家門口挖水井。

有一些不會挖井的動物，只能請別人幫助挖井。狗熊覺得這是一個賺錢的好機會，就貼出廣告：專業挖井，隨叫隨到，技術一流，收費優惠。

山羊公公見了狗熊的廣告，就請他去挖水井。狗熊帶了工具來到山羊公公家門口，開始用工具挖土。

狗熊只挖了一會，就覺得腰痠背疼受不了啦，抱怨地對山羊公公說：「這裏的泥土實在太硬了，不適合打井。」

山羊公公帶著狗熊來到屋後，對他說：「那就在這裏挖水井吧。」

狗熊用工具挖了一會土，抱怨地說：「這裏的土質太疏鬆了，挖不了多深就要坍塌的，這很危險，這裏不適合挖水井。」

山羊公公又讓狗熊看了屋子的東邊和西邊，狗熊抱怨屋東的地下樹根太密，抱怨屋西土中的石子太多，說都不適合挖水井。

狗熊抱怨地對山羊公公說：「你這裏根本不能挖水井，為什麼叫我來？浪費我的時間！」

過了幾天，狗熊在山羊公公家門口走過，覺得口渴難忍，就去問山羊公公討水喝。山羊公公把一大杯水遞給狗熊，狗熊「咕咚咕咚」一下就喝完了。

狗熊讚歎道：「哇，這水又甜又清涼，真好喝，謝謝你！」

山羊公公指著屋前的水井，說：「要謝，得謝謝金絲猴，是他給我挖了這口水井。」

狗熊呆呆地看著井中清澈的水，臉一下紅了起來。

故事啟示

取得成功最可怕的敵人，就是自己沒有堅定的信念和頑強的毅力。自信是需要實力的，而實力是在不斷地實踐中逐步積累起來的。如果一個人喪失了堅持的勇氣，也就失去了取得成功的可能性。

㉕ 伯樂的回答

棗紅馬躺在草堆上睡大覺，突然被一陣腳步聲驚醒。

棗紅馬看見伯樂和白馬、黑馬在自己身邊走過，伸了一個懶腰，對伯樂說：「你不是來這裏挑選千里馬的嗎？怎麼就急著走了呢？」

伯樂看了一眼睡眼惺忪的棗紅馬，指著身邊的白馬和黑馬，說：「我在近千匹馬中，選出了兩匹很滿意的千里馬。」

棗紅馬「唰」地一下站了起來，對伯樂說：「你看看，我比白馬和黑馬更加高大英俊，也是千里馬！」

伯樂說：「如果高大英俊的都是千里馬，那千里馬就太多了。我挑選千里馬注重馬的綜合素質，包括他的生活習慣。」

棗紅馬不服氣地說：「我的綜合素質很好，也沒有什麼不良習慣啊！我真的是千里馬，你選我不會錯！」

伯樂說：「你確實不是千里馬。」

棗紅馬說：「你憑什麼說我不是千里馬？」

伯樂說：「請問，你剛才在草堆上幹什麼？」

棗紅馬質問伯樂：「我剛才是躺在草堆上睡覺，這有什麼錯嗎？難道千里馬就不應該睡覺嗎？」

伯樂回答道：「馬為了隨時準備出發，養成了站立著睡覺的習慣，千里馬尤其需要有吃苦耐勞的精神和高度的警惕性。你貪圖安逸，失去了馬祖祖輩輩傳下來的站立睡覺的好習慣，還能夠成為千里馬嗎？」

棗紅馬歎了一口氣，慚愧地低下了頭。

故事啟示

人，只要有一種自強不息的信念，就什麼艱苦都能忍受，什麼環境也都能適應。懶散能磨去才智的鋒芒，天分高的人如果懶惰成性，也難於發展他的才能，他的成就也不會很大。

㉖沒得過冠軍的賽馬

日本有一匹叫春麗的賽馬，各方面條件都很優秀，她總共參加了一百多場比賽，卻沒有獲得過一次冠軍。在強手如林的賽馬場，她除有一次獲得了亞軍外，其餘的比賽都成績平平，不值一提。

春麗奮鬥了多年，始終沒能圓冠軍夢。春麗卻得到從首相到普通百姓的普遍喜歡，有的人甚至把她當作自己心目中的英雄和偶像。春麗像明星一樣，常常是人們追隨的對象，她的影像常常出現

在報紙和電視上。如今春麗年紀大了，就要退役了，人們給了她很高的榮譽和待遇。

一匹年輕的賽馬疑惑不解地打量了一會就要退役的春麗，說：「看起來你的長相也和我們差不多，沒有什麼特別，又沒有得過冠軍。你在比賽中屢戰屢敗，是什麼原因還讓人們為你著迷呢？」

春麗謙虛地說：「你說得對，我沒有什麼特別，比賽中總是失敗者。有那麼多人喜歡我、關心我，感到很高興，也有些不安！」

年輕賽馬又問春麗：「你失敗了一百多次，卻能夠得到那麼多人的欣賞，令那麼多人崇敬，你的名氣甚至蓋過了那些獲得過冠軍的賽馬。你的成名祕訣是什麼？」

春麗想了想，對年輕賽馬說：「我沒有什麼成名的祕訣。我也渴望成功，希望品嘗當冠軍的滋味。我始終沒有取得桂冠，確實感到遺憾，但是我盡力了！」

故事啟示

最糟糕的不是失敗的人，而是一開始就不想成功的人。作為競賽者，滿懷信心參加比賽，拚命向目標飛馳。雖然沒有取得冠軍，但是只要盡力了，也就沒有什麼遺憾。

27 兩塊獎牌

鴕鳥媽媽見自己的兩個孩子已經長大了，就對他們說：「你們已經大了，不能總是和我住在一起，應該各自獨立生活了。你們要努力學習，刻苦鍛鍊，將來好有所作為！」

鴕鳥哥哥和鴕鳥弟弟聽了媽媽的話，各自外出拜師學藝去了。

時間過得飛快，春去秋來，不覺一年過去了。鴕鳥媽媽思念兩個孩子，常常站在高處向遠方張望，希望孩子早日回家。

鴕鳥哥哥胸前掛著一塊金光閃閃的金牌，春風得意地回來了。

鴕鳥哥哥驕傲地對媽媽說：「我經過不斷學習和訓練，奔跑速度快得就像一陣風。我在最近舉行的全球超級動物長跑大賽中戰勝眾多競爭對手，榮獲冠軍！我很了不起吧？」

鴕鳥弟弟胸前掛著一塊銀光閃閃的銀牌，喜氣洋洋地回來了。

鴕鳥弟弟高興地對媽媽說：「我經過不斷學習和訓練，奔跑速度不斷提高。我在最近舉行的全球一級動物長跑大賽中獲得了亞軍。雖然沒有得到金牌，但我還是很高興，回來向媽媽報喜。」

鴕鳥媽媽一會看看金牌，一會摸摸銀牌，樂得嘴也合不攏。

鴕鳥媽媽說：「如今，各種各樣的大賽很多，大賽名稱也都大得嚇人，你們獲得的兩個大賽獎聽起來都很不錯，不知是否貨真價實？」

鴕鳥哥哥說：「弟弟獲得全球一級動物長跑大賽銀牌不容易，我獲得全球超級動物長跑大賽金牌就更加不易啊！」

鴕鳥媽媽想了想，問大兒子：「獲得全球超級動物長跑大賽銀牌的是誰？」

鴕鳥哥哥說：「是灰狼。」

鴕鳥媽媽又問小兒子：「獲得全球一級動物長跑大賽金牌的是誰？」

鴕鳥弟弟說：「是獵豹。」

鴕鳥媽媽對大兒子說：「你們競爭對手的強弱相差很多，兩塊獎牌的意義不同。如果你和弟弟一同去參加那個強手如林的大賽，別說金牌拿不到，恐怕連銅牌也拿不到啊！」

故事啟示

敢於和真正的強者競爭才能不斷進步，滿足於做弱者中的強者就會裹足不前。一個人要有所作為，只有對自己充滿信心，敢於和強者競爭，才能不斷拓展發展空間，成為強中之強。

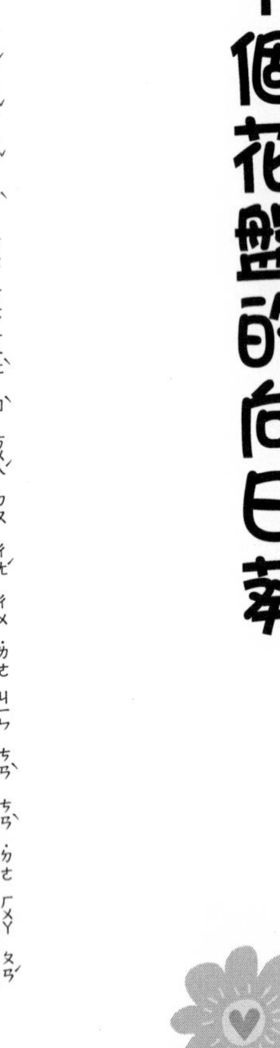

㉘ 十個花盤的向日葵

夏天，田野裏一棵棵向日葵都長出了金燦燦的花盤。一個個金黃色花盤都面向著太陽，美麗而又可愛。

有一棵向日葵長得與眾不同，不但長得比其他向日葵高，而且除了頂上有一個花盤外，九個支桿上也都長有花盤。

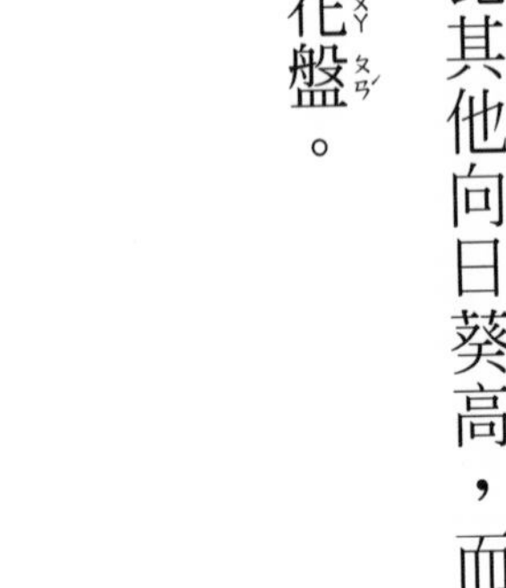

這棵向日葵不屑一顧地掃視了一下周圍的夥伴，說：「我有十個美麗可愛的花盤，你們卻只有一個花盤。我出類拔萃，引人注目，你們一定十分羨慕和嫉妒我吧？」

旁邊的一棵向日葵看了一眼長有十個花盤的向日葵，說：「我不知道夥伴們是怎麼想的，但是我可以告訴你，我真的一點都不羨慕你，更不會嫉妒你。我倒是為你擔心，你有能力讓十個花盤都長大，並且結出飽滿的葵花子嗎？」

十個花盤的向日葵滿懷信心地說：「我既然擁有十個花盤，就一定能夠讓這些花盤都長大。我一定會有十全十美的結果，葵花子將是你們的十倍。到那時候，我就是名揚四海的向日葵之王啊！」

秋天，一棵棵向日葵的花盤都長得臉盆那麼大，花盤上都密密麻麻地結滿了飽滿的葵花子，沉甸甸地向下垂。十個花盤的向日葵的花盤卻都只有碗口那麼大，小小的花盤上連一粒飽滿的葵花子都沒有。

十個花盤的向日葵長歎了一口氣，說：「我的運氣不好，沒有成功。如果運氣好的話，一定會成為大家羨慕的向日葵之王。」

旁邊的向日葵說：「不是你運氣不好，而是你貪慕虛榮、好大喜功釀成的苦果啊！」

故事啟示

好大喜功、貪慕虛榮，結果往往適得其反。我們每一個人都要冷靜、理智、全面地分析自身實際情況，看到優勢和不足。然後制定切實可行的目標，揚長避短，奮發努力奪取勝利。

29 老鷹的再生

有一位畫家擅長畫飛禽走獸，畫老鷹尤其出色。畫家在放著許多獎盃和獎狀的畫室裏，接受過很多記者的採訪。他還經常被電視臺邀請去當嘉賓或者當評委，時常出現在電視螢幕上。

書畫市場風雲變幻，畫家的畫降低價格也賣不出去了。原來收藏家們認為畫家的老鷹畫暮氣沉沉不如過去的有生氣，都去爭購一

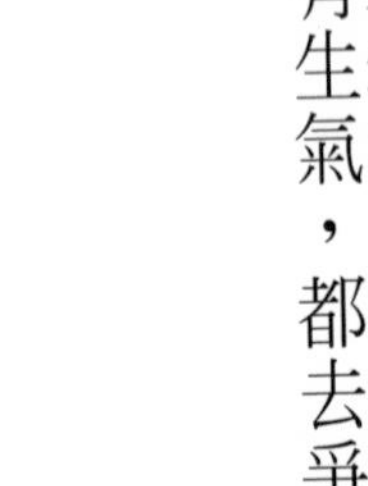

位年輕人畫的老鷹畫了。畫家通過電話，把自己的處境和苦惱告訴了遠在山區的童年繪畫啟蒙老師。

老師捋著鬍子想了想，說：「老鷹活到四十歲的時候就顯得老態龍鍾，沒有銳氣了。牠的爪子開始老化，不能迅猛地抓住獵物；牠的喙長得又長又彎，幾乎碰到自己的胸膛。這時，鷹只有兩個選擇，一是等死，二是經歷脫胎換骨的痛苦獲得再生。」

中年畫家疑惑地問：「老鷹已經老成這樣子，如何再生呢？」

老師說：「老鷹的再生十分痛苦，過程十分漫長。牠首先用自己老舊的喙擊打岩石，直到喙完全脫落，等待新喙長出來。然後，牠用新喙把自己老舊的指甲一根一根地拔出來，等待新指甲長出來。牠再用新指甲把已經沒用的羽毛一片片拔掉，等新羽毛長出來。老鷹經過一百五十天的痛苦磨練，重新煥發了青春，還能夠再活幾十年。你要深刻反思，不要被虛名所累，要有老鷹再生的勇氣啊！」

畫家明白老師為什麼給自己講老鷹再生的故事，他把畫室內的獎盃、獲獎證書統統丟進了貯藏室。畫家閉門謝客，專心鑽研繪畫。一年後，畫家以他的力作《老鷹再生圖》獲得全國金獎，名聲大振。畫家的畫得到許多收藏家的追捧，在拍賣會上拍出了很高的價格。畫家把成功的喜悅告訴了啟蒙老師，感謝他對自己的激勵。

老師樂呵呵地說：「我沒有親眼看到老鷹的再生過程，或許這只是一個傳說。不過你的藝術生命的『再生』卻是千真萬確的。祝賀你啊！」

畫家深有感觸地說：「我相信老鷹再生是真的。」

故事啟示

在這個充滿競爭的年代，固步自封只能被淘汰出局。滿足現狀，不思進取，是落伍的開始。只有居安思危，自強不息，永不停步，才能追上時代步伐。

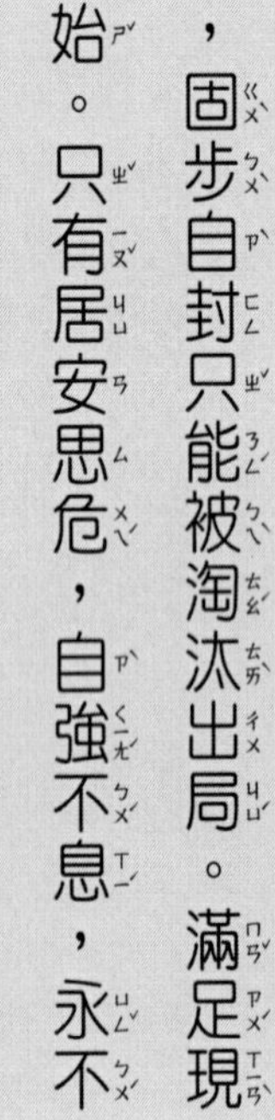

㉚ 大松樹的忠告

山坡上有一塊巨大的岩石，岩石縫中生長著一大一小兩棵松樹。

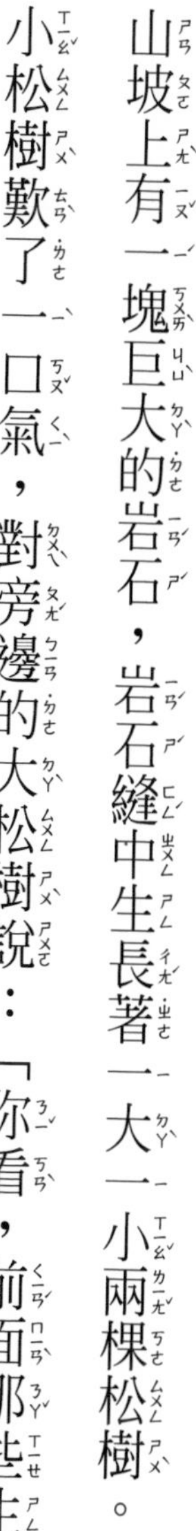

小松樹歎了一口氣，對旁邊的大松樹說：「你看，前面那些生長在泥土中的松樹，他們可以盡情地汲取泥土中的水分和營養，生活得舒舒服服。我和你的根扎在這狹窄的岩石縫隙中，很少有水分和營養，生活格外艱難。我和你真是倒楣，命苦啊！」

大松樹對小松樹說：「我們的生存條件確實很差，無法和那些生長在泥土中的松樹相比。命運很不公平，但這是沒有辦法的事啊！」

小松樹憤憤不平地說：「當初不知是風把松子吹進岩石縫隙的，還是誰把松子丟在縫隙中的？想到自己永遠得在這該死的岩石縫隙中生活，真是叫人度日如年啊！」

大松樹說：「說這些話毫無意義，既然我們已經長在這裏了，就應該有一個積極的心態，快快樂樂地生活吧！」

小松樹說：「如果有一天，這塊巨大的岩石突然變成一堆鬆軟的泥土，我們就可以生活得舒舒服服了。」

大松樹對小松樹說：「我給你一個忠告，不要老是埋怨命運，每天埋怨一千次也毫無用處。倒不如把抱怨的時間用來改變自己，學習適應環境，這才是最重要的啊！」

故事啟示

有些東西是根本無法改變的，當不能改變環境時就改變自己。要以積極的態度面對殘酷的現實，用自己的改變來適應環境。

兒童．寓言08　PG1310

小學生寓言故事
──自立自強

作者／錢欣葆
責任編輯／林千惠
圖文排版／周妤靜
封面設計／蔡瑋筠
出版策劃／秀威少年
製作發行／秀威資訊科技股份有限公司
114 台北市內湖區瑞光路76巷65號1樓
電話：+886-2-2796-3638
傳真：+886-2-2796-1377
服務信箱：service@showwe.com.tw
http://www.showwe.com.tw

郵政劃撥／19563868
戶名：秀威資訊科技股份有限公司
展售門市／國家書店【松江門市】
104 台北市中山區松江路209號1樓
電話：+886-2-2518-0207
傳真：+886-2-2518-0778

網路訂購／秀威網路書店：http://www.bodbooks.com.tw
國家網路書店：http://www.govbooks.com.tw
法律顧問／毛國樑　律師

總經銷／聯寶國際文化事業有限公司
221新北市汐止區康寧街169巷27號8樓
電話：+886-2-2695-4083
傳真：+886-2-2695-4087

出版日期／2016年2月　BOD一版　**定價**／200元
ISBN／978-986-5731-46-5

國家圖書館出版品預行編目

小學生寓言故事 : 自立自強 / 錢欣葆著. -- 一版. -- 臺北
市 : 秀威少年, 2016.2
面； 公分
ISBN 978-986-5731-46-5(平裝)

859.6 104026340

讀者回函卡

感謝您購買本書，為提升服務品質，請填妥以下資料，將讀者回函卡直接寄回或傳真本公司，收到您的寶貴意見後，我們會收藏記錄及檢討，謝謝！

如您需要了解本公司最新出版書目、購書優惠或企劃活動，歡迎您上網查詢或下載相關資料：http:// www.showwe.com.tw

您購買的書名：______________________________

出生日期：________年________月________日

學歷：□高中（含）以下　□大專　□研究所（含）以上

職業：□製造業　□金融業　□資訊業　□軍警　□傳播業　□自由業

□服務業　□公務員　□教職　□學生　□家管　□其它_____

購書地點：□網路書店　□實體書店　□書展　□郵購　□贈閱　□其他

您從何得知本書的消息？

□網路書店　□實體書店　□網路搜尋　□電子報　□書訊　□雜誌

□傳播媒體　□親友推薦　□網站推薦　□部落格　□其他__________

您對本書的評價：（請填代號　1.非常滿意　2.滿意　3.尚可　4.再改進）

封面設計____　版面編排____　內容____　文／譯筆____　價格____

讀完書後您覺得：

□很有收穫　□有收穫　□收穫不多　□沒收穫

對我們的建議：______________________________

____

____

____

請貼
郵票

11466
台北市內湖區瑞光路 76 巷 65 號 1 樓
秀威資訊科技股份有限公司 收
BOD 數位出版事業部

（請沿線對折寄回，謝謝！）

姓　　名：__________ 年齡：______ 性別：□女　□男

郵遞區號：□□□□□

地　　址：__________

聯絡電話：(日) __________ (夜) __________

E-mail：__________